द आर्चर

पाओलो कोएलो की अन्य पुस्तकें

द अल्केमिस्ट

द पिलग्रिमेज

द वैल्केरीज़

बाय द रिवर पिएद्रा आय सैट डाउन ऐंड वेप्ट

द फ़िफ़्थ माउंटेन

वेरोनिका डिसाइड्स टु डाय

वॉरियर ऑफ़ द लाइट : अ मैनुअल

इलेवन मिनट्स

द ज़ाहिर

द डेविल ऐंड मिस प्रिम

द विच ऑफ़ पोर्टोबेलो

ब्रिडा

द विनर स्टैन्ड्स अलोन

अलेफ़

मैन्युस्क्रिप्ट फ़ाउंड इन आक्रा

एडल्टरी

द स्पाय

हिपी

पाओलो कोएलो

द अलकेमिस्ट के लेखक

द आर्चर

चित्र : क्रिस्टॉफ़ नीमन

अंग्रेजी अनुवाद : मार्गरेट ज्युल कॉस्टा

हिन्दी अनुवाद : सुधीर दीक्षित

MANJUL

मंजुल पब्लिशिंग हाउस

First published in India by

MANJUL

Manjul Publishing House

Corporate and Editorial Office

•2 Floor, Usha Preet Complex, 42 Malviya Nagar, Bhopal 462 003 - India

Sales and Marketing Office

•7/32, Ansari Road, Daryaganj, New Delhi 110 002 - India

Website: www.manjulindia.com

Distribution Centres

Ahmedabad, Bengaluru, Bhopal, Kolkata, Chennai,
Hyderabad, Mumbai, New Delhi, Pune

Hindi translation of *The Archer*

Originally published as *O Caminho Do Arco*
by Sant Jordi Asociados

This Hindi edition published in 2021 by arrangements with Sant Jordi Asociados Agencia Literaria S.L.U., Barcelona, Spain
http://www.santjordi-asociados.com/

ISBN 978-81-950415-0-3

Hindi translation: Sudhir Dixit

Printed and bound in India by Thomson Press (India) Ltd.

लियोनार्डो ओइटिसिका को, जिन्होंने एक सुबह सेंट-मार्टिन में मुझे क्यूडो का अभ्यास करते देखकर मुझे इस पुस्तक का विचार दिया।

ओ मैरी! पापमुक्त गर्भधारित, हमारे लिए प्रार्थना करना, जो आपकी शरण में आते हैं!

आमीन।

कर्मरहित प्रार्थना धनुष की डोर
के बिना तीर है;

प्रार्थनारहित कर्म तीर के बिना
धनुष की डोर है।

—एला व्हीलर विलकॉक्स

अनुक्रम

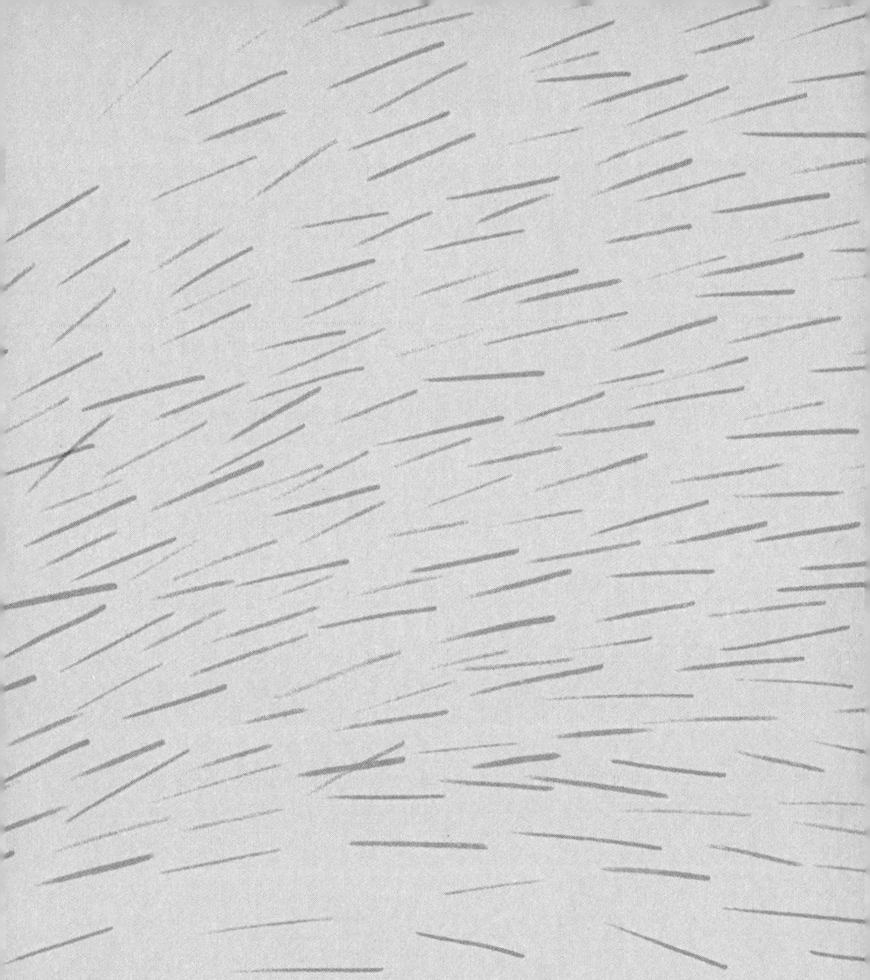

प्रस्तावना

"तेत्सुया।"

लड़के ने चौंककर अजनबी की तरफ़ देखा।

"इस शहर में किसी ने भी तेत्सुया को कभी धनुष पकड़े नहीं देखा है," उसने जवाब दिया। "यहाँ सब लोग उन्हें कारपेंटर के रूप में जानते हैं।"

"शायद उन्होंने तीरंदाज़ी छोड़ दी हो, शायद उनकी हिम्मत जवाब दे गई हो, लेकिन मुझे उससे कोई फ़र्क़ नहीं पड़ता," अजनबी ने ज़ोर देकर कहा। "लेकिन अगर उन्होंने अपनी कला को छोड़ दिया है, तो उन्हें संसार का सर्वश्रेष्ठ तीरंदाज़ नहीं माना जा सकता। इसीलिए मैं बहुत दिनों से लंबी यात्रा करके यहाँ आया हूँ, ताकि उन्हें चुनौती दे सकूँ और उस प्रतिष्ठा को ख़त्म कर सकूँ, जिसके अब वे क़ाबिल नहीं हैं।"

लड़के को यह दिख गया कि अजनबी से बहस करने में कोई तुक नहीं है; सबसे अच्छा यही रहेगा कि वह उस आदमी को कारपेंटर की दुकान तक ले जाए, ताकि उसे ख़ुद समझ आ जाए कि उससे ग़लती हुई थी।

तेत्सुया अपने मकान के पीछे की वर्कशॉप में काम कर रहे थे। उन्होंने मुड़कर देखा कि कौन अंदर आया है, लेकिन लगभग तुरंत ही उनकी मुस्कान जम गई, जब उनकी निगाह उस लंबे बैग पर पड़ी, जो अजनबी उठाकर चल रहा था।

"यह वही है, जो आप सोच रहे हो," अजनबी ने कहा। "मैं यहाँ उस इंसान का अपमान करने या उसे ललकारने नहीं आया हूँ, जो एक किंवदंती बन चुका है। मैं तो बस यह साबित करना चाहता हूँ कि इतने सालों तक अभ्यास करने के बाद मैं आदर्श तीरंदाज़ बन गया हूँ।"

तेत्सुया की भावभंगिमा ऐसी थी, जैसे वे अपना काम दोबारा शुरू करने को बेताब हों : वे एक मेज़ पर पाए लगा रहे थे।

"जो शख़्स पूरी पीढ़ी के लिए मिसाल बन गया हो, वह उस तरह ग़ायब नहीं हो सकता, जिस तरह आप हुए थे," अजनबी ने आगे कहा। "मैंने आपकी शिक्षाओं का पालन किया है, मैंने धनुष के मार्ग का सम्मान किया है, इसलिए मुझे आपको अपनी तीरंदाज़ी का हुनर दिखाने का हक़ है। आपको अपना हुनर दिखाकर मैं चला जाऊँगा और कभी किसी को नहीं बताऊँगा कि सबसे महान गुरू को कहाँ खोजना है।"

अजनबी ने अपने बैग से चमकदार बाँस का लंबा धनुष बाहर निकाला और उसे बीच से पकड़ा। उसने तेत्सुया के सामने सिर झुकाया, बगीचे में बाहर गया और फिर एक ख़ास जगह की ओर सिर झुकाया। फिर उसने बाज के पंखों से सजा एक तीर बैग से बाहर निकाला, ज़मीन पर कसकर पैर जमाए, ताकि तीर चलाते समय ठोस आधार रहे और एक हाथ से धनुष को अपने चेहरे के सामने लाया, जबकि दूसरे हाथ से उसने तीर को धनुष के बीच में जमाया।

लड़का यह सब आनंद और आश्चर्य के मिश्रण से देख रहा था। तेत्सुया ने अब काम करना छोड़ दिया था और थोड़ी उत्सुकता से अजनबी को देख रहे थे।

डोर पर तीर जमाने के बाद अजनबी ने धनुष को ऊपर उठाया, ताकि यह उसके सीने के बीच तक आ जाए। उसने इसे अपने सिर के ऊपर उठाया और फिर वह धीरे-धीरे हाथ नीचे करके डोर खींचने लगा।

जब तक तीर उसके चेहरे के स्तर तक आया, तब तक धनुष पूरा खिंच चुका था। एक पल तक, जो अनंत काल जितना लंबा लग रहा था, तीरंदाज़ और धनुष पूरी तरह स्थिर रहे। लड़के ने उस जगह की तरफ़ देखा, जहाँ तीर का निशाना था, लेकिन वहाँ उसे कुछ नहीं दिखा।

अचानक डोर वाला हाथ खुला, हाथ पीछे गया, दूसरे हाथ में धनुष ने एक आकर्षक चाप बनाया और तीर ओझल हो गया तथा कुछ दूर बाद दोबारा प्रकट हुआ।

"जाकर तीर उठा लाओ," तेत्सुया ने कहा।

लड़का तीर उठाकर लौट आया : उसे यह चालीस मीटर दूर ज़मीन पर पड़ा मिला था; इसने एक चेरी को भेदा था।

तेत्सुया ने उस तीरंदाज़ के सामने सिर झुकाया, अपनी वर्कशॉप के एक कोने तक गए और चमड़े के एक लंबे टुकड़े में लिपटी एक चीज़ उठाई, जो हल्की मुड़ी हुई थी। उन्होंने धीरे-धीरे चमड़े को खोला, जिसके अंदर धनुष था। यह भी अजनबी के धनुष जैसा ही था; फ़र्क़ बस इतना था कि इसका कहीं ज़्यादा इस्तेमाल हुआ था।

"मेरे पास एक भी तीर नहीं है, इसलिए मुझे आपका एक तीर चाहिए होगा। मैं वही करूँगा, जो आप कहते हैं, लेकिन आपको अपना किया वादा निभाना होगा, उस गाँव का नाम कभी उजागर न करें, जहाँ मैं रहता हूँ। अगर कोई आपसे मेरे बारे में पूछे, तो कह देना

कि आपने संसार के कोने-कोने तक मेरी तलाश की थी और अंततः आपको यह पता चला कि मुझे एक साँप ने काट लिया था, जिससे मैं दो दिन बाद मर गया था।"

अजनबी ने सिर हिलाकर अपना एक तीर तेत्सुया को दे दिया।

लंबे बाँस के धनुष का एक सिरा दीवार पर रखकर और नीचे कसकर दबाते हुए तेत्सुया ने धनुष पर डोरी चढ़ाई, फिर एक भी शब्द बोले बिना वे पहाड़ की ओर चल दिए।

अजनबी और लड़का उनके पीछे-पीछे थे। वे एक घंटे तक चले, जब तक कि वे दो चट्टानों के बीच की बड़ी खाई तक नहीं पहुँच गए, जहाँ तेज़ उफान वाली नदी बह रही थी। इस ख़तरनाक खाई को सिर्फ़ घिसी हुई रस्सी के पुल से ही पार किया जा सकता था और यह पुल इतना जर्जर था कि टूटने की कगार पर था।

बड़ी शांति से तेत्सुया पुल के बीच तक चलकर गए, हालाँकि उनके चलते समय यह काफ़ी ख़तरनाक तरीक़े से हिचकोले खाने लगा था, फिर उन्होंने दूसरी तरफ़ किसी चीज के सामने सिर झुकाया, धनुष को उसी तरह उठाया, जिस तरह अजनबी ने उठाया था, उसे अपने सीने के स्तर तक लाए और तीर चला दिया।

लड़के और अजनबी ने देखा कि तीर ने लगभग बीस मीटर दूर एक पके हुए पीच (आड़ू) को भेद दिया था।

किनारे तक सुरक्षित लौटने के बाद तेत्सुया ने कहा, "आपने चेरी को भेदा, मैंने पीच को भेदा। चेरी ज़्यादा छोटी है। आपने चालीस मीटर की दूरी से सही निशाना लगाया, मैंने आधी दूरी से यह काम किया। इसलिए मैंने अभी-अभी जो किया है, आप उसे दोहरा सकते हैं। वहाँ पुल के बीच में खड़े होकर वही करें, जो मैंने किया था।"

अजनबी ने ख़स्ताहाल पुल के बीच तक का रास्ता दहशत में तय किया; वह अपने पैरों के नीचे की खाई से भयाक्रांत था। उसने वही सब उपक्रम किए और पीच के वृक्ष की ओर निशाना साधा, लेकिन तीर वृक्ष के पास से चला गया।

जब वह किनारे पर लौटकर आया, तो उसका चेहरा पीला था।

"आपके पास हुनर है, गरिमा है और अंग-विन्यास है," तेत्सुया ने कहा। "आपके पास तकनीक की अच्छी पकड़ है और आपने धनुष पर महारत हासिल कर ली है, लेकिन आपने अपने मन पर महारत हासिल नहीं की है। आप जानते हैं कि जब सारी परिस्थितियाँ अनुकूल हों, तब तीर कैसे चलाना है, लेकिन ख़तरे की स्थिति में आप लक्ष्य को नहीं भेद सकते। तीरंदाज़ हमेशा युद्ध की भूमि नहीं चुन सकता, इसलिए अपना प्रशिक्षण दोबारा शुरू करें और अप्रिय स्थितियों के लिए तैयार रहें। धनुष के मार्ग पर चलते रहें, क्योंकि यह यात्रा जीवन भर चलती है, लेकिन याद रखें कि एक अच्छे सटीक निशाने और आत्मा की शांति के साथ लगाए गए निशाने में बहुत फ़र्क़ होता है।"

अजनबी ने एक और बार सिर झुकाकर नमन किया, अपना तीर-कमान लंबे बैग में रखा और उसे अपने कंधे पर टाँगकर चला गया।

वापस लौटते वक़्त लड़का बहुत ख़ुश था।

"आपने उसे दिखा दिया, तेत्सुया! आप सचमुच सर्वश्रेष्ठ हो!"

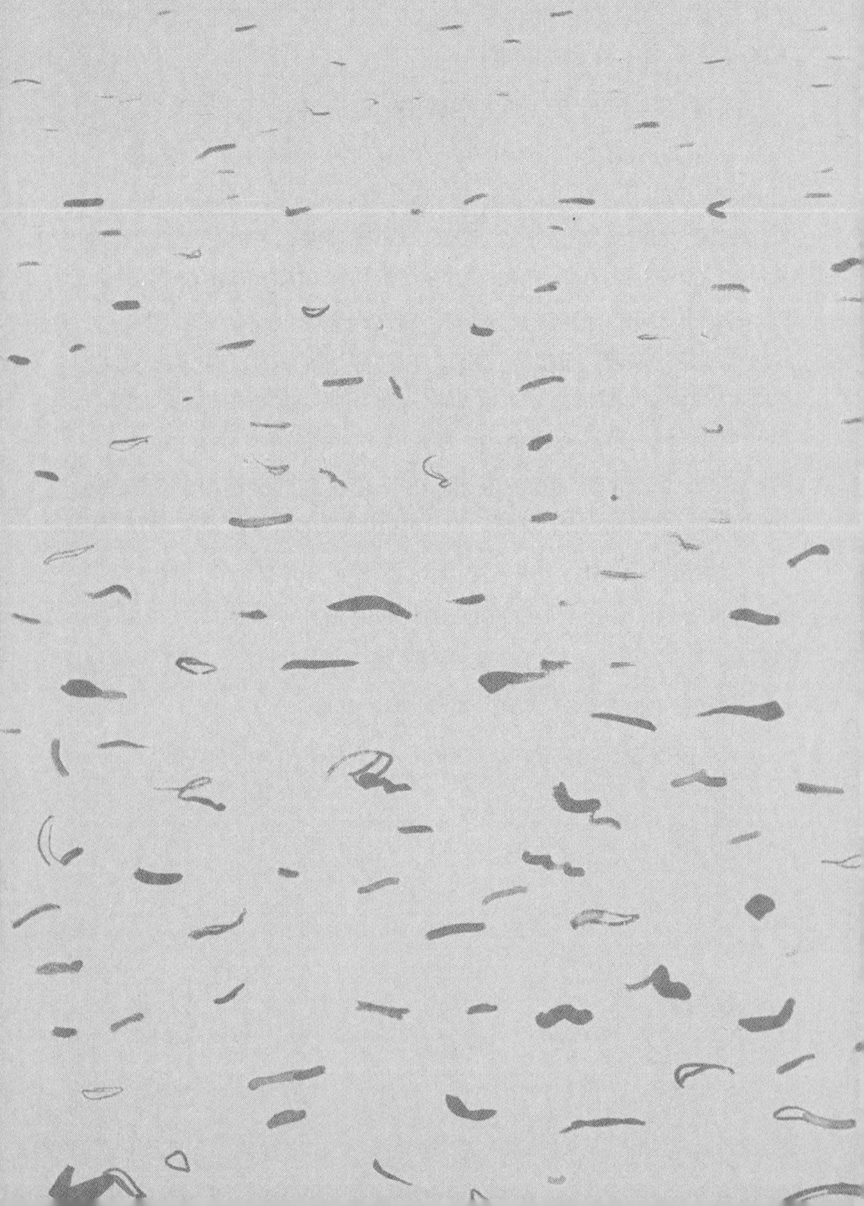

"हमें पहले सुनना सीखना चाहिए और सम्मान करना चाहिए; इससे पहले हमें कभी लोगों का मूल्यांकन या आलोचना नहीं करनी चाहिए। अजनबी भला आदमी था; उसने मुझे अपमानित नहीं किया या ख़ुद को मुझसे बेहतर साबित करने की कोशिश नहीं की, भले ही उसका यह उद्देश्य स्पष्ट लग रहा हो। वह अपनी कला की शेखी बघारना चाहता था और इसे मान्यता दिलाना चाहता था, हालाँकि लग ऐसा रहा था कि वह मुझे चुनौती दे रहा था। इसके अलावा अप्रत्याशित परेशानियों से मुक़ाबला करना धनुष के मार्ग का हिस्सा रहा है और अजनबी ने आज मुझे यही करने की अनुमति दी।"

"उसने कहा था कि आप सर्वश्रेष्ठ हैं, लेकिन मुझे तो पता ही नहीं था कि आप माहिर तीरंदाज़ हो, फिर आप कारपेंटर का काम क्यों करते हैं?"

"क्योंकि धनुष का मार्ग हर चीज़ में काम आता है और मेरा सपना लकड़ी पर काम करना था। इसके अलावा जो तीरंदाज़ धनुष के मार्ग पर चलता है, उसे धनुष या तीर या लक्ष्य की ज़रूरत नहीं होती।"

"इस गाँव में कभी कोई दिलचस्प चीज़ नहीं होती और अब अचानक मेरे सामने एक ऐसी कला का उस्ताद खड़ा है, जिसकी अब किसी को भी परवाह नहीं है।" लड़के ने कहा और उसकी आँखें चमक रही थीं। "धनुष का मार्ग क्या है? क्या आप मुझे सिखा सकते हो?"

“सिखाना मुश्किल नहीं है। मैं एक घंटे से भी कम समय में यह कर सकता हूँ; तब तक हम गाँव भी पहुँच जाएँगे। मुश्किल चीज़ आवश्यक सटीकता हासिल करने तक हर दिन इसका अभ्यास करना है।”

लड़के की आँखें जैसे उससे हाँ करने की प्रार्थना कर रही थीं। तेत्सुया लगभग पंद्रह मिनटों तक ख़ामोशी में चले और इसके बाद जब वे बोले, तो उनकी आवाज़ ज़्यादा युवा लग रही थी।

“आज मैं संतुष्ट हूँ। मैंने उस व्यक्ति का सम्मान किया, जिसने कई साल पहले मेरी जान बचाई थी और उसकी ख़ातिर मैं तुम्हें सारे आवश्यक नियम सिखाऊँगा, लेकिन मैं इससे ज़्यादा नहीं कर सकता। अगर तुम मेरी बताई बातें समझ जाते हो, तो तुम उस ज्ञान का इस्तेमाल अपने मनचाहे तरीक़े से कर सकते हो। कुछ मिनट पहले तुमने मुझे उस्ताद कहा था। उस्ताद कौन होता है? मैं कहूँगा कि वह कोई चीज़ सिखाने वाला नहीं होता है, बल्कि वह होता है, जो विद्यार्थी को उसकी आत्मा में छुपे ज्ञान को खोजने की ख़ातिर सर्वश्रेष्ठ प्रयास करने की प्रेरणा देता है।”

और पहाड़ी से नीचे उतरते समय तेत्सुया धनुष के मार्ग को स्पष्ट करने लगे।

साथी

जो तीरंदाज़ दूसरों के साथ तीर-कमान के आनंद को नहीं बाँटता है, वह अपने गुण-दोष कभी नहीं जान पाएगा।

इसलिए कोई भी चीज़ शुरू करने से पहले ऐसे साथी खोजें, जिनकी रुचि उस काम में हो, जो आप कर रहे हैं।

ध्यान रहे, मैं यह नहीं कह रहा हूँ कि "दूसरे तीरंदाज़ों को खोजें।" मैं तो यह कह रहा हूँ : दूसरी योग्यताओं वाले लोगों को खोजें, क्योंकि धनुष का मार्ग किसी भी दूसरे मार्ग से भिन्न नहीं है, जिसका उत्साहपूर्वक अनुसरण किया जाता है।

ज़रूरी नहीं है कि आपके साथी प्रकाशपुंज हों, जिनका हर व्यक्ति सम्मान करे और जिनके बारे में लोग कहें : "इनसे बेहतर कोई नहीं है।" इसके विपरीत, वे ऐसे लोग होते हैं, जो ग़लतियाँ करने से नहीं घबराते हैं और इसलिए वे ग़लतियाँ करते हैं, जिस वजह से काफ़ी समय तक उनके काम को नहीं पहचाना जाता और मान्यता नहीं मिलती, लेकिन इन लोगों में संसार का कायाकल्प करने के मंसूबे रहते हैं और कई ग़लतियाँ करने के बाद आख़िरकार वे कोई ऐसा काम करने में कामयाब हो जाते हैं, जिससे उनके समुदाय और संसार में सच्चा फ़र्क़ पड़ सकता है।

कौन सा नज़रिया अपनाना है, यह निर्णय लेने के लिए ये लोग परिस्थितियों का इंतज़ार नहीं करते; वे काम करते-करते ही निर्णय लेते हैं और अच्छी तरह जानते हैं कि यह काफ़ी ख़तरनाक हो सकता है।

ऐसे लोगों के साथ रहना तीरंदाज़ के लिए महत्त्वपूर्ण होता है, क्योंकि उसे इस बात का अहसास करने की ज़रूरत होती है कि लक्ष्य का सामना करने से पहले धनुष को उठाकर अपने सीने तक लाते समय उसे दिशा बदलने के लिए पर्याप्त स्वतंत्र महसूस करना चाहिए। जब वह अपना हाथ खोलकर डोर को छोड़ता है, तो उसे ख़ुद से यह कहना चाहिए : "जब मैं धनुष तान रहा था, तो मैंने एक लंबी सड़क पर यात्रा की। अब मैं इस ज्ञान के साथ यह तीर छोड़ रहा हूँ कि मैंने सभी आवश्यक जोखिम ले लिए हैं और वह सबसे अच्छी कोशिश की है, जो मैं कर सकता हूँ।"

सर्वश्रेष्ठ साथी वे होते हैं, जो दूसरों की तरह नहीं सोचते हैं। इसीलिए ऐसे लोगों के साथ रहते वक़्त आप तीरंदाज़ी के संबंध में अपने उत्साह को प्रकट कर सकते हैं, अपने सहज बोध पर भरोसा कर सकते हैं और "लोग क्या कहेंगे" इस तरफ़ कोई ध्यान नहीं देते हैं। लोग दूसरों का मूल्यांकन हमेशा अपनी ख़ुद की सीमाओं के आधार पर करते हैं, इसलिए लोगों की राय अक्सर पूर्वाग्रह और डर से भरी होती है।

उन लोगों के साथ जुड़ें, जो प्रयोग करते हैं, जोखिम लेते हैं, गिरते हैं, चोट खाते हैं, लेकिन इसके बावजूद पहले से ज़्यादा जोखिम लेते हैं। उन लोगों से दूर रहें, जो सत्य को दृढ़तापूर्वक कहते हैं, जो अपने से विपरीत विचार रखने वाले लोगों की आलोचना करते हैं, जो तब तक कभी एक क़दम भी नहीं उठाते हैं, जब तक कि उन्हें पक्का यक़ीन न हो कि इसके लिए उनका सम्मान किया जाएगा और जो शंकाओं के बजाय निश्चितताओं को ज़्यादा पसंद करते हैं।

उन लोगों के साथ जुड़ें, जो साफ़दिल हैं और असुरक्षित होने से नहीं घबराते हैं : वे समझते हैं कि लोग जब यह देखते हैं कि उनके साथी क्या कर रहे हैं, तभी वे बेहतर बन सकते हैं; लेकिन ध्यान रहे, वे अपने साथियों को आलोचना के इरादे से नहीं, बल्कि समर्पण और साहस की प्रशंसा करने के इरादे से देखते हैं।

आप यह सोच सकते हैं कि तीरंदाज़ी में किसी बेकर या किसान की कोई दिलचस्पी नहीं होगी, लेकिन मैं गारंटी देता हूँ कि वे देखी हुई चीज़ों को अपने काम में उतार लेंगे। आप भी यही करेंगे : आप अच्छे बेकर से यह सीखेंगे कि हाथों का कुशल इस्तेमाल कैसे करना है और पदार्थों को सही मात्रा में व सही तरीक़े से कैसे मिलाना है। आप किसान से धैर्य रखना, कड़ी मेहनत करना और मौसमों का सम्मान करना सीखेंगे तथा यह भी कि तूफ़ानों को कोसने में कोई तुक नहीं है, क्योंकि यह समय की बर्बादी के सिवा कुछ नहीं है।

उन लोगों के साथ जुड़ें, जो आपके लिए धनुष की लकड़ी जितने लचीले हों और रास्ते के संकेतों को समझते हों। ये ऐसे लोग होते हैं, जो दिशा बदलने में ज़रा भी हिचकिचाते नहीं हैं, जब उनके सामने कोई अजेय अवरोध आ जाता है या जब उन्हें कोई बेहतर अवसर दिख जाता है। उनमें पानी जैसे गुण होते हैं : चट्टानों के आस-पास से बहना, नदी की दिशा के अनुरूप ढलना, कई बार झील का आकार लेना, जब तक कि यह पूरी नहीं भर जाती, जिसके बाद वे आगे का सफ़र तय करते हैं, क्योंकि पानी कभी नहीं भूलता कि समुद्र तक पहुँचना ही इसकी तक़दीर है और देर-सवेर यह वहाँ तक पहुँच जाएगा।

उन लोगों के साथ जुड़ें, जिन्होंने यह बात कभी नहीं कही : "ठीक है, अब बहुत हो गया, अब मैं और आगे नहीं जाऊँगा," क्योंकि जिस तरह जाड़े के बाद वसंत आता है, उसी तरह कोई चीज़ कभी ख़त्म नहीं होती; अपना एक लक्ष्य हासिल करने के बाद आपको दोबारा शुरू करना चाहिए और दूसरा लक्ष्य बनाना चाहिए तथा रास्ते में सीखी हर चीज़ का हमेशा इस्तेमाल करना चाहिए।

उन लोगों के साथ जुड़ें, जो गीत गाते हैं, कहानियाँ सुनाते हैं, जीवन का आनंद लेते हैं और जिनकी आँखों में ख़ुशी की चमक रहती है, क्योंकि आनंद का दायरा व्यापक होता है और यह दूसरों को डिप्रेशन, एकाकीपन तथा मुश्किलों से पंगु बनने से रोक सकता है।

उन लोगों के साथ जुड़ें, जो अपना काम उत्साह से करते हैं और चूँकि आप उनके लिए उतने ही उपयोगी हो सकते हैं, जितने वे आपके लिए हैं, इसलिए उनके औज़ारों को समझने की कोशिश करें और यह भी कि उनकी योग्यताओं को कैसे बेहतर बनाया जा सकता है।

अब आपके धनुष, आपके तीर, आपके लक्ष्य और आपके मार्ग से मिलने का समय आ गया है।

धनुष

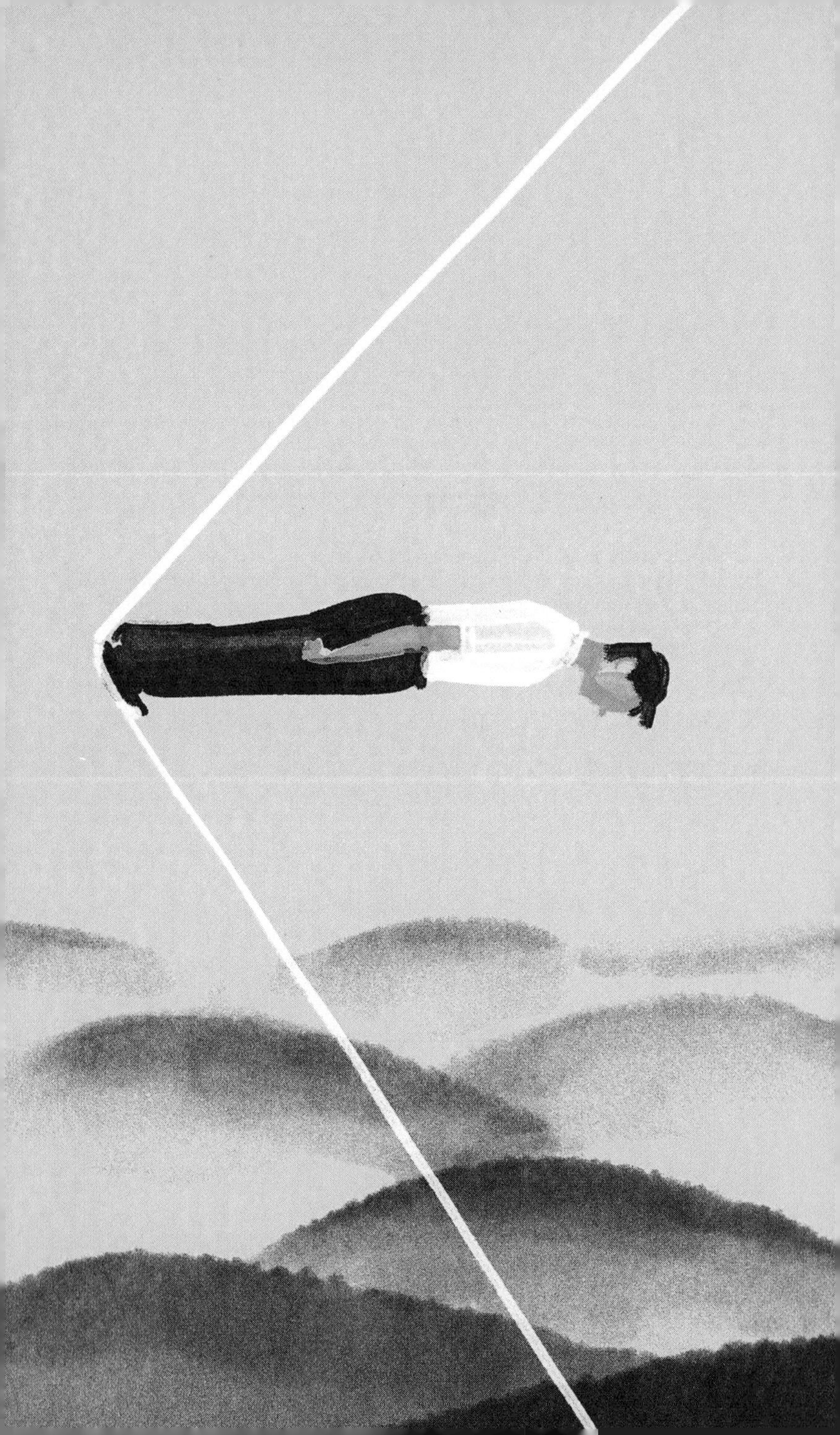

धनुष जीवन है : समूची ऊर्जा का स्रोत।

तीर एक दिन चला जाएगा।

लक्ष्य काफ़ी दूर है।

लेकिन धनुष हमेशा आपके साथ रहेगा और आपको पता होना चाहिए कि इसकी देखभाल कैसे करनी है।

इसे बीच-बीच में निष्क्रियता की अवधि की ज़रूरत होती है - हमेशा तने रहने वाले धनुष की शक्ति खो जाती है। इसलिए इसे आराम करने की अनुमति दें, ताकि इसकी दृढ़ता वापस लौट आए; फिर जब आप डोर खींचेंगे, तो धनुष संतुष्ट होगा और इसकी शक्ति अक्षुण्ण रहेगी।

धनुष में कोई अंतरात्मा नहीं होती : यह हाथ का विस्तार है और तीरंदाज़ की इच्छा का भी। यह मारने में भी सहायक हो सकता है और ध्यान लगाने में भी। इसलिए आपके इरादे हमेशा स्पष्ट रहने चाहिए।

धनुष लचीला होता है, लेकिन इसकी सीमाएँ होती हैं। इसकी क्षमता से ज़्यादा तानने पर यह टूट जाएगा या तीरंदाज़ के हाथ को थका देगा। इसलिए अपने औज़ार के सामंजस्य में रहें और जितना यह दे सकता है, उससे ज़्यादा कभी न माँगें।

धनुष तीरंदाज़ के हाथ में आराम या तनाव से रह सकता है, लेकिन हाथ केवल हाथ नहीं होता; यह तो वह जगह है, जहाँ शरीर की सारी मांसपेशियाँ, तीरंदाज़ के सारे इरादे और निशानेबाज़ी के सारे प्रयास केंद्रित होते हैं। इसलिए धनुष तानते वक़्त अंग-विन्यास की सुंदरता को क़ायम रखने के लिए यह सुनिश्चित करें कि हर हिस्सा सिर्फ़ ज़रूरी काम ही करे; अपनी ऊर्जा अनावश्यक बर्बाद न करें। इस तरह आप थके बिना बहुत से तीर चला सकेंगे।

धनुष को आपके हाथ का हिस्सा और आपके विचारों का विस्तार होना चाहिए।

तीर

तीर इरादा है।

तीर ही है, जो धनुष की ताक़त को लक्ष्य या निशाने के केंद्र से एकाकार करता है।

इरादा एकदम स्पष्ट, सीधा और संतुलित होना चाहिए।

एक बार छूटने के बाद तीर वापस नहीं लौटेगा, इसलिए अगर निशाना लगाने से पहले की गतिविधियाँ पर्याप्त सटीक और सही न हों, तो बेहतर यह है कि आख़िरी पल पर निशाना न लगाया जाए। सिर्फ़ इसलिए लापरवाही से काम न करें, क्योंकि धनुष पूरी तरह तन चुका है और लक्ष्य इंतज़ार कर रहा है।

लेकिन यदि आप सिर्फ़ ग़लती करने के डर से पंगु हो रहे हैं, तो तीर चलाने में कभी न हिचकें। अगर आपने सभी गतिविधियाँ सही की हैं, तो अपना हाथ खोलें और तीर चला दें। भले ही तीर लक्ष्य को भेदने में नाकाम रहे, लेकिन इस असफलता से आप सीखेंगे कि अपने निशाने को अगली बार बेहतर कैसे बनाना है।

अगर आप कभी जोखिम नहीं लेते हैं, तो आप कभी नहीं जान पाएँगे कि आपको कौन से परिवर्तन करने की ज़रूरत है।

हर तीर आपके हृदय में एक याद छोड़ता है और इन यादों का योग ही आपको बेहतर तीरंदाज़ बनाता रहेगा।

लक्ष्य

निशाना वह लक्ष्य है, जिस तक आपको पहुँचना है।

इसे तीरंदाज़ ने ख़ुद चुना है और हालाँकि यह बहुत दूर है, लेकिन हम जब इसे भेदने में नाकाम रहते हैं, तो हम इसे दोष नहीं दे सकते। यही धनुष के मार्ग की सुंदरता है : आप कभी यह कहकर ख़ुद का बचाव नहीं कर सकते कि आपका विरोधी आपसे ज़्यादा शक्तिशाली था।

आप ही थे, जिसने लक्ष्य चुना था और आप ही इसके लिए ज़िम्मेदार हैं।

निशाना चाहे बड़ा हो या छोटा, दाएँ हो या बाएँ, आपको हमेशा इसके ठीक सामने खड़ा होना होता है, इसका सम्मान करना होता है और इसे मानसिक रूप से ज़्यादा क़रीब लाना होता है। जब यह आपके तीर की ठीक सीध में आ जाए, सिर्फ़ तभी आपको तीर छोड़ना चाहिए।

यदि आप लक्ष्य को शत्रु मानते हैं, तो हो सकता है कि आप इसे भेद लें, लेकिन इससे आप बेहतर तीरंदाज़ नहीं बनेंगे, क्योंकि आपके भीतर कुछ भी नहीं बदलेगा। आप जीवनभर काग़ज़ या लकड़ी के टुकड़े के ठीक बीच में तीर भेदने की कोशिश करते रहेंगे, जो बहुत ही निरर्थक काम है। यही नहीं, दूसरे लोगों के साथ रहते वक़्त भी आप यही शिकायत करते रहेंगे कि आप कभी कोई दिलचस्प चीज़ नहीं करते हैं।

इसलिए आपको अपना लक्ष्य चुनना चाहिए, इसे भेदने की सर्वश्रेष्ठ कोशिश करनी चाहिए और इसे हमेशा सम्मान तथा गरिमा से देखना चाहिए। आपको यह जान लेना चाहिए कि इसका क्या अर्थ है और इसमें आपकी तरफ़ से कितने प्रयास, प्रशिक्षण व सहज बोध की आवश्यकता है।

जब आप लक्ष्य को देखें, तो केवल उसी पर ध्यान केंद्रित न करें। लक्ष्य के आस-पास की हर चीज़ पर भी निगाह डालना ज़रूरी होता है, क्योंकि धनुष से छूटने के बाद तीर लक्ष्य की ओर जाते समय कई ऐसी चीज़ों का सामना भी करता है, जिन पर आप विचार करने में नाकाम रहे हैं, जैसे हवा, वज़न और दूरी।

आपको लक्ष्य को समझना चाहिए। आपको ख़ुद से लगातार पूछना चाहिए : "अगर मैं लक्ष्य हूँ, तो मैं कहाँ हूँ? भेदा जाना कैसा लगेगा, जिससे तीरंदाज़ को वह सम्मान मिल सके, जिसका वह हक़दार है?"

तीरंदाज़ के अस्तित्व से ही लक्ष्य का अस्तित्व है। लक्ष्य के अस्तित्व को तर्कसंगत बनाने वाली चीज़ इसे भेदने की तीरंदाज़ की इच्छा है; वरना लक्ष्य केवल एक निर्जीव वस्तु है और काग़ज़ या लकड़ी का एक महत्त्वहीन टुकड़ा है।

जिस तरह तीर लक्ष्य को खोजता है, उसी तरह लक्ष्य भी तीर को खोजता है, क्योंकि यह तीर ही है, जो इसके अस्तित्व को अर्थ देता है; लक्ष्य बनने के बाद यह सिर्फ़ काग़ज़ का टुकड़ा नहीं रह जाता है; तीरंदाज़ के लिए उसका लक्ष्य संसार का केंद्र होता है।

अंग-विन्यास

जब आप धनुष, तीर और लक्ष्य को समझ जाते हैं, तो आपके पास इतनी शांति और लालित्य होगा कि आप तीर चलाने का तरीक़ा सीख सकते हैं।

शांति हृदय से उत्पन्न होती है, हालाँकि हृदय अक्सर असुरक्षा के विचारों से दहशत में रहता है, लेकिन इसे पता होता है कि सही अंग-विन्यास की बदौलत यह अपना सर्वश्रेष्ठ प्रदर्शन कर सकता है।

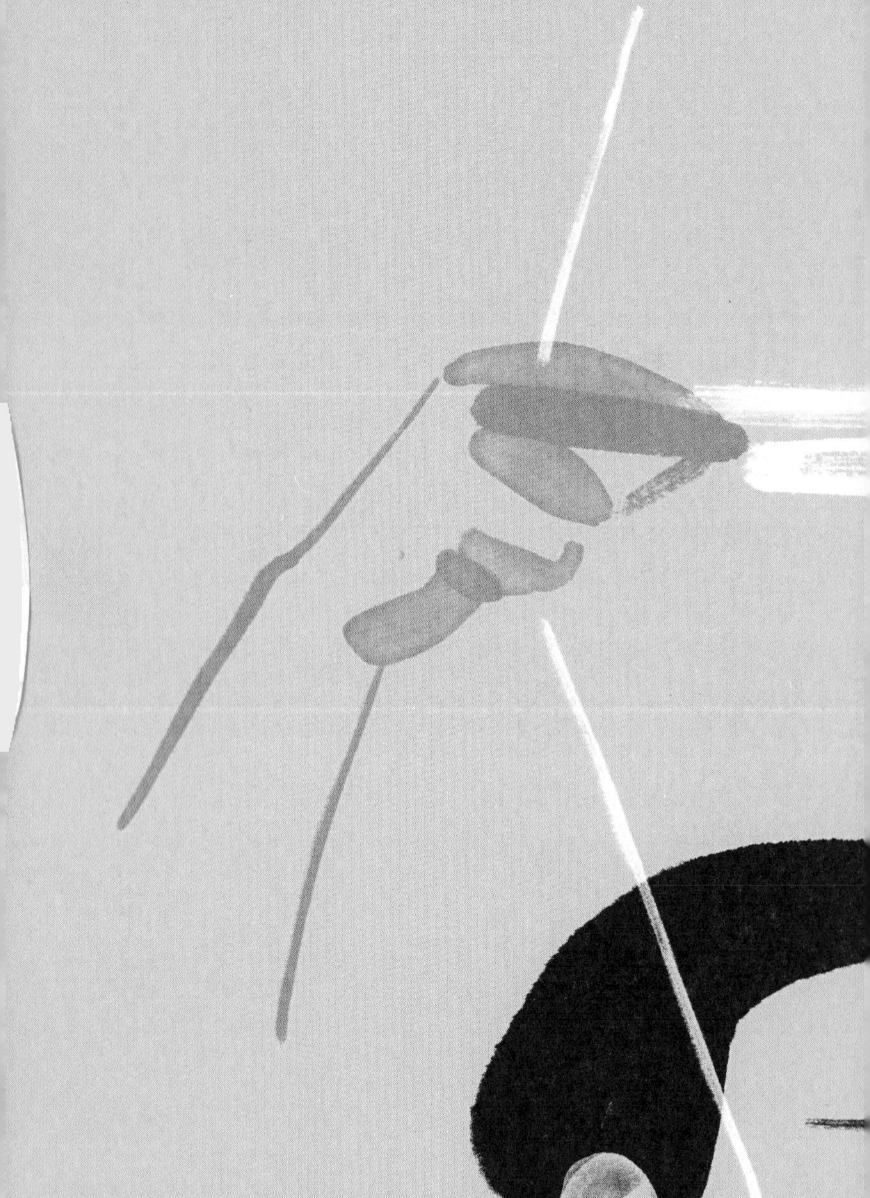

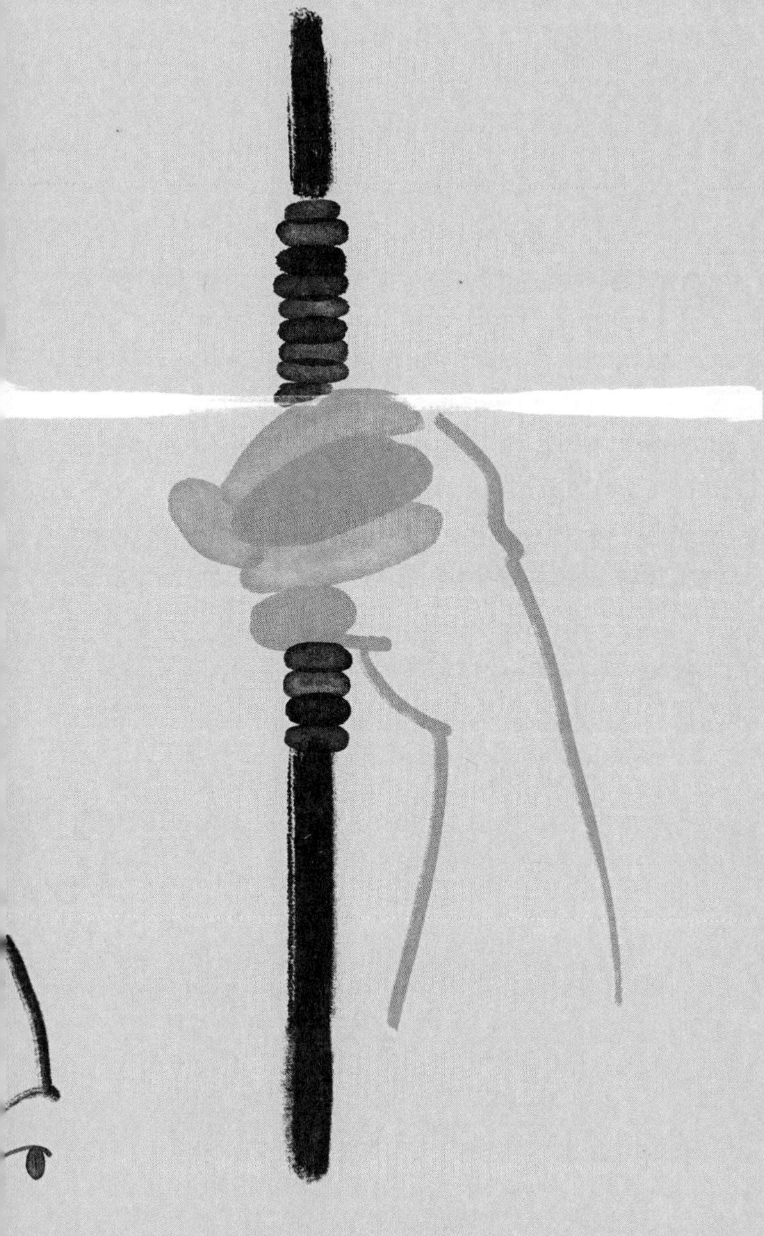

लालित्य कोई सतही चीज़ नहीं है। इसके बजाय यह तो वह तरीक़ा है, जिससे कोई मनुष्य अपने जीवन और अपने काम को सम्मान दे सकता है। अगर आपको अपना अंग-विन्यास कभी-कभार असहज लगे, तो इसे झूठा या कृत्रिम न मानें; यह वास्तविक है, क्योंकि यह मुश्किल है। तीरंदाज़ की गरिमा से लक्ष्य को सम्मानित महसूस करने की अनुमति मिलती है।

अगर लक्ष्य पर लगने वाले निशाने को आदर्श होना है, तो लालित्य सबसे सहज अंग-विन्यास नहीं है; यह तो सर्वश्रेष्ठ अंग-विन्यास है।

लालित्य तब आता है, जब हर अनावश्यक चीज़ हटा दी जाए और तीरंदाज़ सादगी व एकाग्रता को पा ले; अंग-विन्यास जितना ज़्यादा सरल और सादा होता है, उतना ही ज़्यादा सुंदर होता है।

बर्फ़ प्यारी दिखती है, क्योंकि इसका केवल एक रंग होता है; समुद्र प्यारा दिखता है, क्योंकि यह सतह पर पूरी तरह समतल नज़र आता है, लेकिन समुद्र और बर्फ़ दोनों ही गहरे होते हैं तथा अपने गुणों को जानते हैं।

तीर को कैसे पकड़ें

तीर को पकड़ना अपने इरादे के संपर्क में रहना है। आपको तीर की पूरी लंबाई को देखना होगा, आपको इस बात की जाँच करनी होगी कि इसकी उड़ान को मार्गदर्शन देने वाले पंख सही जगह पर हैं और यह सुनिश्चित करना होगा कि इसकी नोक पैनी है।

यह सुनिश्चित करें कि तीर सही है और पिछली बार के निशाने से झुक तो नहीं गया या इसे कोई नुक़सान तो नहीं हुआ।

तीर की सादगी और हल्केपन से यह नाजुक लग सकता है, लेकिन तीरंदाज़ की शक्ति का मतलब है कि यह उसके शरीर और मस्तिष्क की ऊर्जा को बहुत दूर तक ले जा सकता है। किंवदंती है कि एक अकेले तीर ने एक जहाज़ को डुबा दिया था, क्योंकि इसे चलाने वाला व्यक्ति जानता था कि लकड़ी कहाँ सबसे कमज़ोर थी और इसलिए उसके निशाने से एक ऐसा छेद हुआ, जिससे पानी चुपचाप जहाज़ में अंदर घुस गया और नतीजा यह हुआ कि तीरंदाज़ के गाँव पर हमला करने वाले घुसपैठियों का जोखिम टल गया।

तीर इरादा है, जो तीरंदाज़ के हाथ को छोड़कर लक्ष्य की दिशा में चल देता है; यानी यह अपनी उड़ान में स्वतंत्र है और यह उस मार्ग पर चलेगा, जो इसे छोड़ते समय इसके लिए चुना गया था।

यह हवा और गुरुत्वाकर्षण से प्रभावित होगा, लेकिन ये सारी चीज़ें इसके प्रक्षेप पथ का हिस्सा होती हैं; किसी पत्ते का अस्तित्व सिर्फ़ इसलिए ख़त्म नहीं हो जाता कि तूफ़ान ने इसे पेड़ से अलग कर दिया है।

मनुष्य का इरादा आदर्श, सीधा, पैना, दृढ़ और सटीक होना चाहिए। जब यह अपनी तक़दीर तक पहुँचने की दूरी तय करता है, तो कोई भी इसे नहीं रोक सकता।

धनुष को कैसे पकड़ें

शांत रहें और गहरी साँस लें।

आपके साथी आपकी हर गतिविधि देखेंगे और ज़रूरत पड़ने पर मदद भी करेंगे।

लेकिन यह न भूलें कि आपका विरोधी भी आपको देख रहा है और वह स्थिर या अस्थिर हाथ के फ़र्क़ को जानता है। इसलिए अगर आप तनाव में हों, तो गहरी साँस लें, क्योंकि इससे आपको हर अवस्था में एकाग्र होने में मदद मिलेगी।

जिस पल आप अपना धनुष उठाते हैं और इसे लालित्यपूर्ण अंदाज़ में अपने शरीर के सामने रखते हैं, तो अपने मन में हर उस अवस्था को याद करें, जिसने आपको उस लक्ष्य पर निशाना लगाने के लिए तैयार किया है।

लेकिन यह काम तनावरहित होकर करें, क्योंकि सारे नियमों को याद रखना असंभव है; शांत मन से जब आप हर अवस्था की समीक्षा करते हैं, तो आप दोबारा सारे सबसे मुश्किल पल देखेंगे और यह भी कि आपने उन्हें कैसे पार किया था।

इससे आपको आत्मविश्वास मिलेगा और आपका हाथ क़तई नहीं काँपेगा।

डोर कैसे खींचें

धनुष वाद्ययंत्र है और इसकी ध्वनि डोर से निकलती है। धनुष की डोर बड़ी होती है, लेकिन तीर इसे केवल एक बिंदु पर छूता है; तीरंदाज़ का सारा ज्ञान और अनुभव सिर्फ़ उस छोटे बिंदु पर ही केंद्रित होना चाहिए।

यदि वह बिंदु थोड़ा सा दाईं या बाईं ओर झुक जाता है, यदि वह बिंदु निशाने की सीध से ज़रा सा भी ऊपर या नीचे होता है, तो वह लक्ष्य या निशाने को कभी नहीं भेद पाएगा।

इसलिए धनुष की डोर तानते समय वाद्ययंत्र बजाने वाले संगीतकार की तरह रहें। संगीत में समय स्थान से ज़्यादा महत्त्वपूर्ण होता है। सामान्य लोगों के लिए संगीत-चिह्न की लिखित पंक्ति का कोई मतलब नहीं होता, लेकिन जो व्यक्ति लिखे हुए संगीत-चिह्न को पढ़ सकता है, वह उस पंक्ति को ध्वनियों और लय में रूपांतरित कर सकता है।

जिस तरह तीरंदाज़ लक्ष्य या निशाने के अस्तित्व को तर्कसंगत बनाता है, उसी तरह तीर धनुष के अस्तित्व को तर्कसंगत बनाता है। आप तीर को हाथ से भी फेंक सकते हैं, लेकिन तीर के बिना धनुष का कोई उपयोग नहीं है।

इसलिए जब आप अपनी बाँहें खोलें, तो यह न सोचें कि आप धनुष को खींच रहे हैं। तीर की कल्पना स्थिर केंद्र के रूप में करें और यह सोचें कि आप धनुष के सिरों और डोर को ज़्यादा क़रीब लाने की कोशिश कर रहे हैं; डोर को नज़ाकत से छुएँ; इसका सहयोग माँगें।

लक्ष्य को कैसे देखें

कई तीरंदाज़ शिकायत करते हैं कि कई सालों तक तीरंदाज़ी की कला का अभ्यास करने के बावजूद उनका दिल चिंता से धड़कता है, उनके हाथ काँपते हैं और उनका निशाना चूक जाता है। उन्हें यह समझने की ज़रूरत है कि धनुष या तीर कोई चीज़ नहीं बदल सकते, लेकिन तीरंदाज़ी की कला हमारी ग़लतियों को ज़्यादा स्पष्ट बनाती है। जिस दिन आप जीवन से प्रेम नहीं करते हैं, उस दिन आपका निशाना दुविधा से ग्रस्त और मुश्किल होगा। उस दिन आप पाएँगे कि आप में धनुष की डोर को पूरी तरह तानने की शक्ति नहीं है और आप धनुष को उस तरह नहीं झुका सकते, जिस तरह इसे झुकना चाहिए।

और जब आप देखते हैं कि उस सुबह आपका निशाना कमज़ोर है, तो यह पता लगाने की कोशिश करें कि इस चूक का क्या कारण हो सकता है; इसका मतलब यह है कि आपको उस छिपी हुई समस्या से मुक़ाबला करना होगा, जो आपको परेशान कर रही है।

इसका विपरीत भी हो सकता है। आपका निशाना सच्चा है; डोर किसी वाद्ययंत्र की तरह सुर निकालती है; चारों तरफ़ पक्षी गाते हैं। तब आपको अहसास होता है कि आप अपना सर्वश्रेष्ठ दे रहे हैं।

बहरहाल, सुबह आप चाहे जितनी अच्छी या बुरी तरह निशाना लगाएँ, उसे ख़ुद पर हावी न होने दें। आगे कई और दिन हैं तथा हर तीर अपने आप में एक जीवन है।

आप डर के कारण क्यों काँपते हैं, यह खोजने के लिए अपने बुरे पलों की पड़ताल करें। आंतरिक शांति की राह खोजने के लिए अपने अच्छे पलों का इस्तेमाल करें।

लेकिन डर या आनंद के कारण रुकना नहीं है : धनुष के मार्ग का कोई अंत नहीं है।

छोड़ने का पल

दो तरह के निशाने होते हैं।

पहला वह निशाना होता है, जिसे बहुत सटीकता से लगाया जाता है, लेकिन उसमें कोई आत्मा नहीं रहती। ऐसी स्थिति में हालाँकि तीरंदाज़ तकनीक में बहुत माहिर हो सकता है, लेकिन उसने पूरी तरह से केवल लक्ष्य पर ध्यान केंद्रित किया था और इसकी वजह से उसने विकास नहीं किया है, वह बासी हो गया है, वह आगे बढ़ने में नाकाम रहा है और एक दिन वह धनुष के मार्ग को छोड़ देगा, क्योंकि उसे लगेगा कि हर चीज़ सिर्फ़ नीरस दिनचर्या बन गई है।

दूसरी तरह का निशाना वह है, जिसे आत्मा के साथ लगाया जाता है। जब तीरंदाज़ का इरादा तीर की उड़ान में रूपांतरित होता है, उसका हाथ सही पल पर खुलता है, डोर की आवाज़ से चिड़ियाँ गाने लगती हैं और दूरी से किसी लक्ष्य को भेदने की मुद्रा - पर्याप्त विरोधाभासी रूप से - ख़ुद की ओर वापसी तथा आत्म-साक्षात्कार को प्रेरित करती है।

आप जानते हैं कि धनुष को खींचने, सही तरीक़े से साँस लेने, लक्ष्य पर ध्यान केंद्रित करने, अपने इरादे के बारे में स्पष्ट बनने, अंग-विन्यास का लालित्य क़ायम रखने और लक्ष्य का सम्मान करने में कितना प्रयास लगा, लेकिन आपको यह भी समझना होगा कि इस संसार में कोई भी चीज़ लंबे समय तक हमारे साथ नहीं रहती है : निर्णायक पल में आपको डोर से हाथ हटाना होगा, तीर को चलाना होगा और अपने इरादे को उसकी तक़दीर तक पहुँचने की अनुमति देनी होगी।

आप लालित्यपूर्ण अंग-विन्यास और सही इरादे की ओर ले जाने वाले सारे क़दमों या इसके पंखों, इसकी नोक या इसके आकार से कितना भी प्रेम करते हों, तीर को छोड़ना अनिवार्य है।

बहरहाल, तीरंदाज़ के निशाना लगाने के लिए तैयार होने से पहले तीर नहीं छोड़ा जा सकता, क्योंकि ऐसी स्थिति में इसकी उड़ान बहुत छोटी होगी।

यह सटीक अंग-विन्यास और एकाग्रता हासिल करने के बाद नहीं छोड़ा जा सकता, क्योंकि शरीर प्रयास को नहीं झेल पाएगा और हाथ काँपने लगेगा।

इसे उस पल छोड़ना चाहिए, जब धनुष, तीरंदाज़ और लक्ष्य सभी ब्रह्मांड में एक ही बिंदु पर हों : इसे प्रेरणा कहा जाता है।

दोहराव

मुद्रा क्रिया का अवतार है; यानी, क्रिया उजागर होने वाला विचार है।

छोटी मुद्रा से हम पकड़ में आ जाते हैं, इसलिए हमें हर चीज़ को चमकाना चाहिए, विवरणों के बारे में सोचना चाहिए, तकनीक को इस तरह सीखना चाहिए कि यह सहज बोध बन जाए। सहज बोध का दिनचर्या से कोई संबंध नहीं है; इसका संबंध तो उस मानसिक अवस्था से है, जो तकनीक से परे है।

इसलिए ज़्यादा अभ्यास करने के बाद हम आवश्यक गतिविधियों के बारे में सोचना छोड़ देते हैं; क्योंकि अब वे हमारे अस्तित्व का हिस्सा बन चुकी होती हैं, लेकिन इसके लिए आपको अभ्यास करना होगा और दोहराना होगा।

और अगर यह काफ़ी न हो, तो आपको पुनः दोहराना और अभ्यास करना होगा।

लोहे पर काम करने वाले कुशल व्यक्ति को देखें। अप्रशिक्षित निगाह को लगेगा कि वह बार-बार हथौड़े का एक जैसा प्रहार ही कर रहा है।

लेकिन धनुष के मार्ग का जानकार यह जानता है कि जब भी कुशल व्यक्ति हथौड़ा उठाकर नीचे लाता है, तो हथौड़े की गहनता हर बार अलग होती है। हाथ उसी मुद्रा को दोहराता है, लेकिन धातु के क़रीब आने पर यह समझ जाता है कि इसे ज़्यादा शक्ति से स्पर्श करना चाहिए या कम शक्ति से।

यही दोहराव के साथ है; हालाँकि बार-बार की जाने वाली क्रिया एक समान नज़र आ सकती है, लेकिन यह हमेशा अलग होती है।

पवनचक्की को देखें। जो भी इसकी पंखुड़ियों को केवल एक बार देखेगा, उसे लगेगा कि वे एक ही गति से चल रही हैं और एक जैसी गतिविधि दोहरा रही हैं।

लेकिन पवनचक्कियों को जानने वाले लोग यह बात जानते हैं कि उनकी पंखुड़ियाँ हवा से नियंत्रित होती हैं और ज़रूरत पड़ने पर दिशा बदल लेती हैं।

लुहार का हाथ प्रशिक्षित हो चुका है, क्योंकि उसने हथौड़ा मारने की मुद्रा हज़ारों बार दोहराई है। तेज़ हवा में पवनचक्की की पंखुड़ियाँ तेज़ी से चल सकती हैं और इस तरह सुनिश्चित करती हैं कि इसके कलपुर्ज़े सुचारू रूप से चलें।

तीरंदाज़ कई तीरों को लक्ष्य से काफ़ी आगे जाने देता है, क्योंकि वह जानता है कि वह अपनी क्रियाओं को हज़ारों बार दोहराकर ही धनुष, अंग-विन्यास, डोर और निशाने के महत्त्व को सीखेगा। इससे भी बढ़कर, वह यह जानता है कि अगर वह ग़लतियाँ करने से डरता रहेगा, तो कभी कुछ नहीं सीख पाएगा।

उसके सच्चे साथी उसकी कभी आलोचना नहीं करते हैं, क्योंकि वे जानते हैं कि अभ्यास ज़रूरी है और यह एकमात्र तरीक़ा है, जिससे वह अपने सहज बोध, अपने हथौड़े के प्रहार को आदर्श बना सकता है।

और फिर वह पल आता है, जब तीर चलाते वक़्त उसे यह सोचने की ज़रूरत ही नहीं रह जाती कि वह क्या कर रहा है। उस पल से तीरंदाज़ अपना धनुष, अपना तीर और अपना लक्ष्य बन जाता है।

तीर की उड़ान का अवलोकन कैसे करें

एक बार जब तीर चल जाता है, तो तीरंदाज़ इसे लक्ष्य तक जाते हुए देखने से ज़्यादा कुछ नहीं कर सकता। उस पल के बाद तीर चलाने के लिए आवश्यक तनाव के जारी रहने का कोई कारण नहीं रह जाता है।

इसलिए तीरंदाज़ अपनी निगाह तीर की उड़ान पर जमाए रखता है, लेकिन उसका हृदय आराम करता है और वह मुस्कराता है।

जिस हाथ ने धनुष की डोर को छोड़ा था, वह पीछे की ओर चला जाता है; जो हाथ धनुष को थामे है, वह आगे की ओर जाता है; तीरंदाज़ अपनी बाँहें चौड़ी खोलने के लिए मजबूर होता है और अपने साथियों तथा विरोधियों दोनों की निगाह का सामना सीना खोलकर और सच्चे हृदय से करने के लिए विवश होता है।

यदि उसने पर्याप्त अभ्यास किया है, यदि उसने अपने सहज बोध को विकसित करने में कामयाबी पाई है, यदि उसने तीर चलाने की पूरी प्रक्रिया में लालित्य और एकाग्रता को क़ायम रखा है, तो वह उस पल ब्रह्मांड की उपस्थिति को महसूस करेगा तथा देखेगा कि उसका कार्य सही और उचित था।

तकनीक दोनों हाथों को तैयार रहने, साँस को सटीक रहने और आँखों को लक्ष्य पर केंद्रित रहने के लिए प्रशिक्षित करती है। सहज बोध छोड़ने के पल को आदर्श बनाता है।

अगर पास से गुज़रने वाला कोई व्यक्ति तीरंदाज़ की बाहों को खुले और उसकी नज़रों को तीर पर केंद्रित देखेगा, तो वह यही सोचेगा कि कुछ नहीं हो रहा है, लेकिन तीरंदाज़ के साथी जानते हैं कि जिस व्यक्ति ने तीर चलाया था, उसके मन का आयाम अब बदल चुका है; यह अब पूरे ब्रह्मांड के स्पर्श में है।

मस्तिष्क काम करना जारी रखता है, लक्ष्य के बारे में सारी सकारात्मक चीज़ें सीखता रहता है, संभावित ग़लतियों को सुधारता रहता है, इसके अच्छे गुणों को स्वीकार करता रहता है और यह देखने का इंतज़ार करता रहता है कि भेदे जाने पर लक्ष्य कैसी प्रतिक्रिया करता है।

जब तीरंदाज़ धनुष की डोर खींचता है, तो वह अपने धनुष में पूरे संसार को देख सकता है।

जब वह तीर की उड़ान का अनुसरण करता है, तो संसार उसके क़रीब आ जाता है, उसे प्रेम-स्पर्श करता है और उसे कर्तव्य पूरा करने का आदर्श अहसास देता है।

हर तीर अलग तरीक़े से उड़ान भरता है। आप हज़ार तीर चलाएँगे, तब भी उनमें से हर तीर एक अलग प्रक्षेप पथ पर जाएगा; यह धनुष का मार्ग है।

धनुष के बिना,
तीर के बिना,
लक्ष्य के बिना तीरंदाज़

तीरंदाज़ तब सीखता है, जब वह धनुष के मार्ग के सारे नियमों को भूलकर सिर्फ़ सहज बोध से काम करता है, लेकिन नियमों को भूलने से पहले यह ज़रूरी है कि उसे उनकी जानकारी हो और वह उनका सम्मान करे।

जब वह इस अवस्था में पहुँच जाता है, तो उसे उन औज़ारों की ज़रूरत नहीं रह जाती, जिनकी मदद से उसने सीखा था। अब उसे धनुष या तीरों या लक्ष्य की ज़रूरत नहीं रह जाती, क्योंकि मार्ग उसके लिए उस चीज़ से ज़्यादा महत्त्वपूर्ण हो जाता है, जिसने उसे उस मार्ग पर चलाना शुरू किया था।

इसी तरह, पढ़ना सीखने वाला विद्यार्थी ऐसे बिंदु पर पहुँच जाता है, जब वह अकेले अक्षरों को भूल जाता है और उनके शब्द बनाने लगता है।

बहरहाल, अगर सारे शब्द एक साथ लिखे जाएँ, तो कुछ भी समझ नहीं आएगा या फिर समझना बेहद मुश्किल हो जाएगा; शब्दों के बीच ख़ाली जगह की ज़रूरत होती है।

एक काम और दूसरे काम के बीच तीरंदाज़ अपनी की हुई हर चीज़ याद करता है; वह अपने साथियों से बातें करता है; वह आराम करता है और जीवित रहने के तथ्य से संतुष्ट होता है।

धनुष का मार्ग आनंद और उत्साह, पूर्णता और त्रुटियों, तकनीक और सहज बोध का मार्ग है।

"लेकिन आप यह तभी सीखेंगे, जब आप अपने तीर चलाते रहेंगे।"

उपसंहार

जब तेत्सुया ने बोलना बंद किया, तब तक वे कारपेंटर की वर्कशॉप में पहुँच चुके थे।

उन्होंने लड़के से कहा, "साथ देने के लिए धन्यवाद।"

लेकिन लड़का वहाँ से नहीं गया।

"मुझे कैसे पता चलेगा कि मैं सही चीज़ कर रहा हूँ? मुझे पक्का कैसे पता चल सकता है कि मेरी आँखें ध्यान केंद्रित कर रही हैं, मेरा अंग-विन्यास लालित्यपूर्ण है और मैं धनुष को सही तरीक़े से पकड़े हुए हूँ?"

"मन में यह तसवीर देखो कि आदर्श उस्ताद हमेशा बग़ल में है और उसका आदर करने तथा उसकी शिक्षा का सम्मान करने के लिए हर चीज़ करो। यह उस्ताद हमेशा हमें देख रहा है, जिसे कई लोग ईश्वर कहते हैं, हालाँकि कुछ लोग उसे 'मुख्य चीज़' और बाक़ी 'प्रतिभा' भी कहते हैं।"

"वह सर्वश्रेष्ठ का हक़दार है।"

"अपने साथियों को भी याद रखो : आपको उनका समर्थन करना चाहिए, क्योंकि वे ऐसे पलों में आपकी सहायता करेंगे, जब आपको सहायता की ज़रूरत होगी। दया का गुण विकसित करने की कोशिश करें : यह गुण आपके दिल को शांत रखेगा, लेकिन सबसे बढ़कर, कभी न भूलें कि मैंने आपको जो कुछ बताया है, वे संभवतः

प्रेरक शब्द तो हो सकते हैं, लेकिन आपको उनका अर्थ सिर्फ़ तभी समझ आएगा, जब आप उनका अनुभव ख़ुद करेंगे।"

तेत्सुया ने विदा लेने के लिए अपना हाथ आगे बढ़ाया, लेकिन लड़के ने आगे कहा :

"एक और बात : आपने तीर चलाना कैसे सीखा?"

तेत्सुया पल भर के लिए सोच में पड़ गए : क्या इस लड़के को कहानी बताना चाहिए? चूँकि यह एक ख़ास दिन था, इसलिए उन्होंने अपनी वर्कशॉप का दरवाज़ा खोला और कहा :

"मैं चाय बनाने जा रहा हूँ और मैं तुम्हें कहानी बताने जा रहा हूँ, लेकिन तुम्हें भी वही वादा करना होगा, जो मैंने अजनबी से लिया है – कभी किसी को तीरंदाज़ के रूप में मेरी योग्यता के बारे में मत बताना।"

तेत्सुया ने अंदर जाकर रोशनी जलाई, चमड़े के लंबे टुकड़े में अपने धनुष को एक बार फिर लपेटा और उसे निगाहों से दूर रख दिया। इसे देखने वाले किसी भी व्यक्ति को यही लगेगा, जैसे मुड़े हुए बाँस का टुकड़ा रखा है। उन्होंने किचन में अंदर जाकर चाय बनाई और लड़के के पास बैठकर अपनी कहानी सुनाने लगे।

"मैं एक बड़े सामंत के यहाँ काम कर रहा था; मैं उनके अस्तबलों की देखभाल का प्रभारी था। चूँकि मेरे मालिक हमेशा यात्रा करते रहते थे, इसलिए मेरे पास बहुत सारा ख़ाली समय रहता था। ऐसे में मैंने ख़ुद को उन दो चीज़ों के प्रति समर्पित करने का निर्णय लिया, जिन्हें मैं जीने का असली कारण मानता था : शराब और शबाब।

"एक बार मुझे कई रात तक नींद नहीं आई और फिर एक दिन मैं जंगल के बीच में - एक अनजान जगह पर - गिर गया। मैंने सोचा कि मैं मरने वाला हूँ और मैंने ज़िंदा रहने की सारी उम्मीद छोड़ दी। सौभाग्य से एक अपरिचित इंसान उस सड़क से गुज़रा; उसने मेरी मदद की और मुझे अपने घर ले गया - वह जगह यहाँ से बहुत दूर है - और कई महीनों तक मेरी देखभाल की तथा स्वस्थ होने में मदद की। ठीक होते वक़्त मैं उसे हर सुबह तीर-कमान लेकर बाहर जाते देखता था।

"जब मेरी हालत सुधर गई, तो मैंने उससे अनुरोध किया कि वह मुझे भी धनुष की कला सिखा दे; यह घोड़ों की देखभाल करने से कहीं ज़्यादा रोचक था। उसने मुझे बताया कि मृत्यु मेरे काफ़ी क़रीब आ गई थी और मैं इसे दूर नहीं भगा सकता था। यह मुझसे बस दो क़दम की दूरी पर थी, क्योंकि मैंने अपने शरीर पर बहुत ज़्यादती कर दी थी।

"यदि मैं सीखना चाहता था, तो यह केवल इसलिए होगा, ताकि मृत्यु मुझे न छू सके। समंदर के पार दूर देश के एक आदमी ने उसे सिखाया था कि कुछ समय के लिए मृत्यु की कगार पर ले जाने वाली राह से बचना संभव है, लेकिन मेरे मामले में मुझे जीवनभर इस बारे में जागरूक रहना था कि मैं इस खाई के किनारे पर चल रहा हूँ और किसी भी पल इसमें गिर सकता हूँ।"

"उसने मुझे धनुष का मार्ग सिखाया। उसने मेरा परिचय अपने साथियों से कराया, उसने प्रतिस्पर्धाओं में मेरा नाम लिखवाया और जल्दी ही मेरी शोहरत पूरे देश में और फिर पूरे संसार में फैलने लगी।"

"जब उसने देखा कि मैंने पर्याप्त सीख लिया है, तो उसने मेरे तीर और मेरा निशाना ले लिए। उसने सिर्फ़ धनुष को निशानी के तौर

पर मेरे पास छोड़ा। उसने मुझसे कहा कि मैं उसकी शिक्षा का इस्तेमाल कोई ऐसा काम करने में करूँ, जिसे मैं सच्चे उत्साह से कर सकूँ।"

"मैंने कहा कि मैं कारपेंटर के काम को सबसे ज़्यादा पसंद करता हूँ। उसने मुझे आशीर्वाद दिया और विदा लेते समय मुझसे कहा कि मैं उस काम में ख़ुद को समर्पित कर दूँ, जिसमें मुझे सबसे ज़्यादा आनंद लेता हूँ, अन्यथा तीरंदाज़ के रूप में मेरी शोहरत अंततः मुझे बर्बाद कर देगी या मुझे मेरी पुरानी जीवनशैली की ओर धकेल देगी।

"तब से हर पल मेरे मन में पापों और आत्म-करुणा के ख़िलाफ़ संघर्ष चलता रहता है। मुझे एकाग्र और शांत रहने की ज़रूरत है, ताकि मैं अपना मनपसंद काम कर सकूँ, जिसे मैंने प्रेम से करने का चुनाव किया था। मैं वर्तमान पल से कभी चिपके रहने की कोशिश नहीं करता हूँ, क्योंकि मृत्यु अब भी मेरे बहुत क़रीब है, खाई मेरे पास है और मैं उसकी कगार पर चल रहा हूँ।"

तेत्सुया ने यह नहीं कहा कि मृत्यु हमेशा सारे जीवित लोगों के क़रीब रहती है; लड़का अभी बहुत छोटा था और इस बात की कोई ज़रूरत नहीं थी कि वह ऐसी चीज़ों के बारे में सोचे।

तेत्सुया ने यह भी नहीं कहा कि हर मानवीय गतिविधि में धनुष के मार्ग पर चला जा सकता है।

उसने सिर्फ़ लड़के को आशीर्वाद दिया, जिस तरह कई साल पहले उसे आशीर्वाद मिला था और कहा कि वह अब जाए, क्योंकि दिन बहुत लंबा था और अब उसे नींद की ज़रूरत थी।

आभार

यूजेन हेरिगेल के प्रति, उनकी पुस्तक *ज़ेन इन द आर्ट ऑफ़ आर्चरी*, डर्बी एडिशन्स, 2016 के लिए।

श्वाब फ़ाउंडेशन फ़ॉर सोशल आन्ट्रप्रनर्शिप की प्रबंध निदेशक पामेला हार्टिगन के प्रति, साथियों के गुणों के वर्णन के लिए।

डैन और जैकी डी प्रॉस्पेरो के प्रति, उनकी पुस्तक *क्यूडो*, ब्यूडो एडिशन्स के लिए, जो उन्होंने ओनुमा-सैन के साथ लिखी है।

कार्लोस कास्टानेडा के प्रति, मृत्यु और *नैगुअल* इलियास के बीच की भिड़ंत के वर्णन के लिए।

लेखक के बारे में

पाओलो कोएलो का जीवन उनकी पुस्तकों का मूल प्रेरणास्रोत है। वे मौत का सामना कर चुके हैं, पागलपन की कगार पर रह चुके हैं, उन्होंने नशीली दवाओं का प्रयोग किया है, यातना झेली है, जादू और कीमियागिरी के प्रयोग किए हैं, दर्शन व धर्म का व्यापक अध्ययन किया है, अपने विश्वास को खोया और दोबारा पाया है, और प्रेम के दर्द व आनंद का अनुभव किया है। संसार में अपनी जगह की तलाश करते हुए उन्होंने उन चुनौतियों के जवाब खोज लिए, जिनका सामना हर व्यक्ति करता है। उनका मानना है कि अपनी तक़दीर जानने के लिए जो शक्ति हमें चाहिए, वह हमारे भीतर ही होती है।

उनकी पुस्तकों का अब तक 83 भाषाओं में अनुवाद हो चुका है और 170 से अधिक देशों में 32 करोड़ से अधिक प्रतियाँ बिक चुकी हैं। उनके 1998 में लिखे उपन्यास *द ॲलकेमिस्ट* की 8.5 करोड़ से अधिक प्रतियाँ बिकी हैं और इसे मलाला यूसफ़ज़ई और फ़ारेल विलियम्स जैसे लोगों ने अपना प्रेरणास्रोत बताया है।

वे ब्राज़ीलियन अकैडमी ऑफ़ लेटर्स के सदस्य हैं और उन्हें शेवालिए द लॉद्र नैसियोनाल द ला लेजियों दोनेर पुरस्कार मिल चुका है। 2007 में उन्हें संयुक्त राष्ट्र संघ का *मैसेंजर ऑफ़ पीस* नामित किया गया था।

इलस्ट्रेटर के बारे में

वाइबलिंगन, जर्मनी में जन्मे क्रिस्टोफ़ नीमैन चित्रकार, लेखक और एनिमेटर हैं। उनका कृतित्व *द न्यू यॉर्कर, नेशनल ज्योग्राफ़िक और द न्यू यॉर्क टाइम्स* मैग्ज़ीन के कवर पर नियमित रूप से नज़र आता है। क्रिस्टोफ़ नीमैन की कला बहुत सारे म्यूज़ियम रिट्रॉस्पेक्टिव्ज़ में भी प्रदर्शित है। उन्होंने *द न्यू यॉर्कर* का पहला ऑगमेंटेड रिएलिटी कवर बनाया। 2010 में उन्हें आर्ट डायरेक्टर्स क्लब हॉल ऑफ़ फ़ेम में शामिल किया गया। उन्होंने कई पुस्तकें भी लिखी हैं, जिनमें *संडे स्केचिंग* (2016), *वड्र्स* (2016) और *सौवेनिर* (2017) आदि मोनोग्राफ़ शामिल हैं। उनकी सबसे हालिया पुस्तक है - *होप्स एंड ड्रीम्स,* जो लॉस एंजेलिस में एक कलाकार हीरो से मिलने की यात्रा के बारे में है। वे अपने परिवार के साथ बर्लिन में रहते हैं।